あしたの私は幸せになる

大越　桂

ぱるす出版

序詩

意志をもって

なしとげたいと願うことが
今はまだ体験のないことだとしたら
迷わずやってみよう
チャンスが今だということを
あなたの身体がキャッチしているはずだ
その感覚を信じよう

なしとげられるか疑う前に
なしとげられると決意しよう

意志をもって進む道は必ず開かれる
意志をもって幸せになると決めよう
意志をもって幸せになろう

（2014.11.27　河北持論時論）

目次

その1

さあ　前を向いて

新しいカレンダー

新しいカレンダーを
初めにめくる瞬間
見えない風が
さっと動いた

未来の私が
もうそこにいるように

まだ色にならない
時のきらめきを
あなたと一緒に
みつけよう

（2014.1.4）

波動

新しい場所に飛び込む日
新しい人に出会う日
新しいことを始める日
新しいことばを覚える日

私は皮膚から染み出るきもちを
空中に溶かしてあなたに発信します

あなたが四方に巡らす
ピカピカのアンテナはどこだ?

私は皮膚呼吸を空気と同化させる
周囲に張り巡らされている波動の合間を
自由に行き来する
近づく足音
交信の瞬間がきた！（2013.4.1）

たちのぼる　なつのひかり

外に出よう

ほんとうに見たいもの
どこにあるのだろう
ほんとうに感じたいもの
どこかにあるはずだ
もしかしたら
もうとっくに知っているのかもしれないけれど
そうだとしても
もう一度確かめる

その景色を見るために
外に出よう
世界はどこまで広いのだろう
私の足で行けるところまで

（2014.2.23）

山茶花

ひさしぶりに
爪をきれいにした
雪の中に映える
山茶花のピンク色
手浴の湯の中で
花びらが踊る
あたたかくなった
指先から春がきた

（2014.2.28.）

＊山茶花の花言葉「困難にうちかつひたむきさ」

おとめのつめは　こころのいろ

カフェオレの繊細

できなかったことが
できるようになったとき
とってもハッピー

できたことが
できなくなったとき
とってもガッカリ

できるとできない
同じ自分のことなのに

よろこんだり
かなしんだり

できたほうがいいことも
できなくたっていいことも
どっちも正解
どちらかだけが正しいわけでもない

黒いコーヒーに白いミルクを
美しい模様がやがてカフェオレの
やさしい茶色になるように
できるとできないの

間に漂う繊細を味わおう
うまくいかないときは
ま、いっか
とつぶやくことを忘れずに

（2013.4.7）

＊新年度、肩の力を抜いて、でも自分らしく……

表現したい…①

まひの制約の中での活動は、支援者が提案してくれるものの中からどんなに小さな動きも、使えそうなところを探すことが課題だった。文字で会話ができるようになると、言葉の扉が開き、それまで我慢してきたことが頭の中で一斉に動きだした。次から次へと行動したくなった。もっと美しい世界を知りたくなった。

弱視の私は顔の近く10センチ程度の小さな範囲しか見ることができないが、その周辺にはいろいろな美しい色彩がいつもぼんやりと混じり合い、光の加減で光輝くのを知っていたのだ。

学校時代の少ない体験の中で楽しかった書初めの墨の香りや、絵の具での作品の楽しさを思いだした。もう一度やりたい。

だらだら坂

あるとき
病が身体の自由と取引する
今のうちだけ
好きなことをできるようにしてやろう
それなら今何をする?

あるとき
病が心の自由と取引する
今のうちだけ
考えられる時間をやろう

それなら今何を考える？

そんなことを繰り返しながら
私はもう一人の私と
だらだら坂を歩いている
身体は心と
心は身体と
ただ自由が見たくて手をつないでいる

やがて
ゆるやかに
ゆっくりとどこかへ

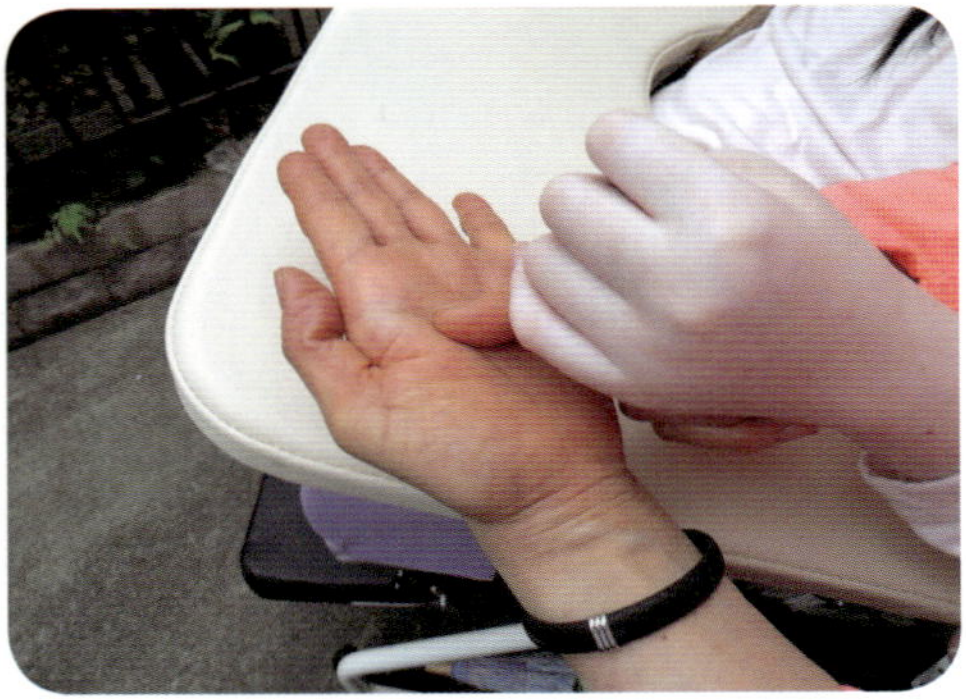

母の手のひらに１字づつ文字を綴る

諦観か
受容か
感謝か
だらだら坂はまだ霧の中へ続いている

（2013.4.16）

私が中学生のとき『少しだけ動く左手で字を書いてみたら』という支援学校の先生のすすめで、筆談を特訓することに

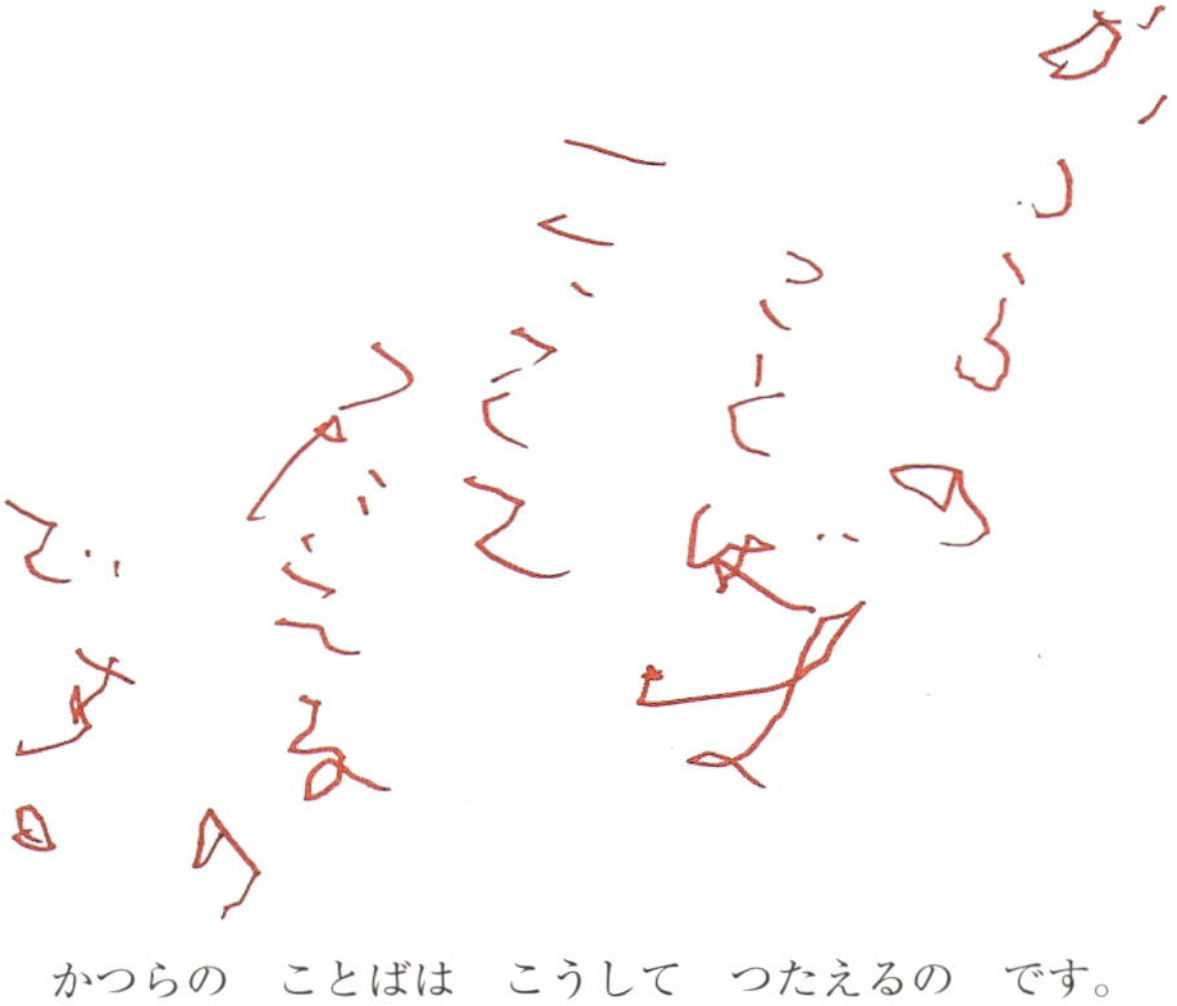

かつらの　ことばは　こうして　つたえるの　です。

なった。話せなくても文字を知っていた私は、「これで『通じる人』になれるかもしれない」。そう思うと、うれしくて、うれしくて夜も眠れないほどだった。

ただし練習は決して楽ではなかった。初めて「か」「つ」「ら」と3文字を書くのに10分もかかった。そのあとは疲れ果てて1週間寝込んでしまった。でも、やり遂げないと一生「通じない人」になってしまうと思うと練習をやめられなかった。

これで「通じる人」になれる。

これで「物」でなくなる。

これで「本物の人」になれる。

と思い、吐きながら、ぐったりしながら、母と喧嘩しながら必死だった。

その2

桂の生いたち

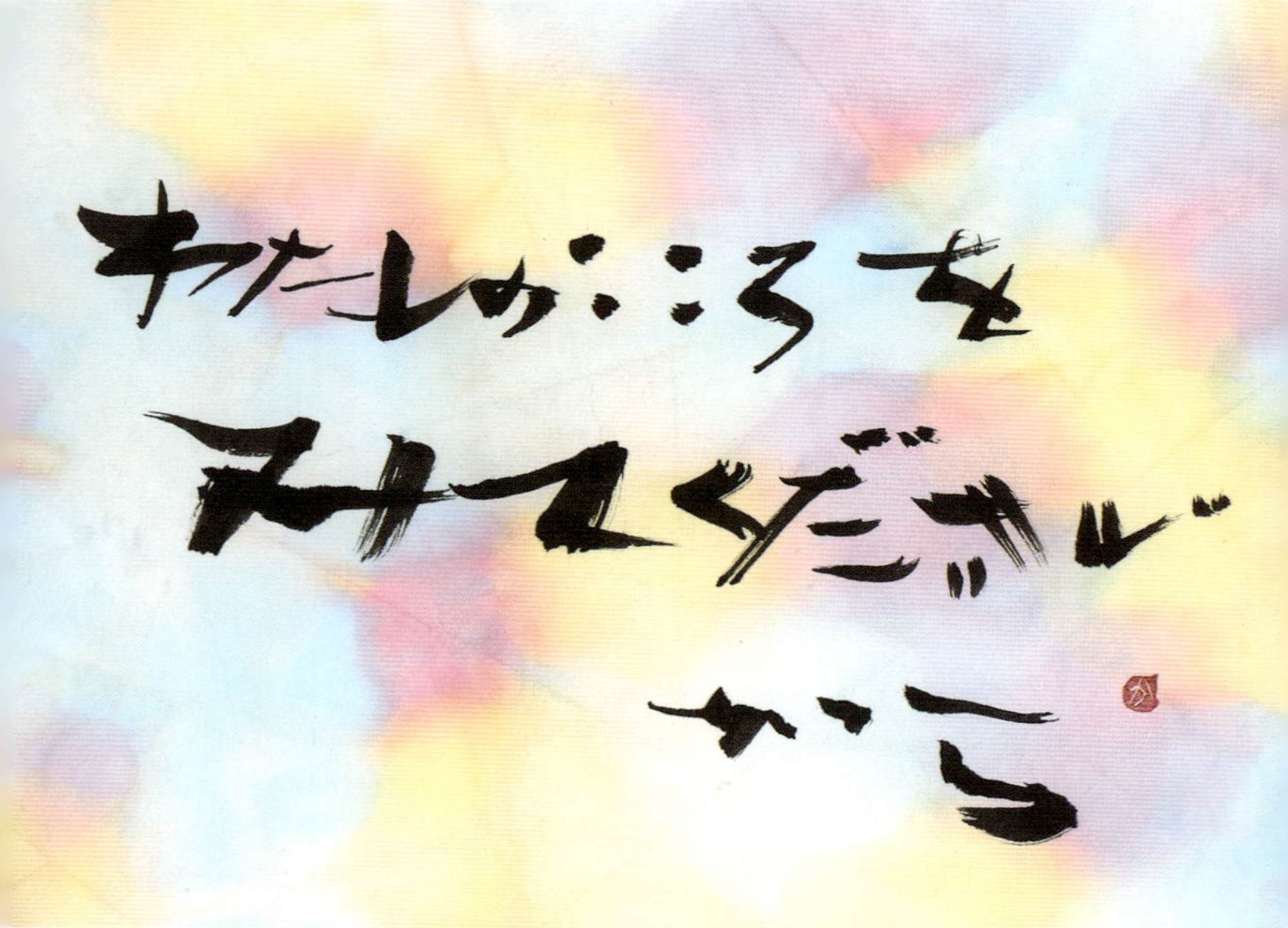

わたしのこころを　みてください

平成元年　桂の誕生

暖かくて気持ちのよい場所にいた。急にあたりが明るくなり、同時にとても寒かった。いつもそこに「いた」双子の姉の気配と、体中を包んでいた声がぱったりと聞こえなくなった。誕生したときの感じを今もはっきりを覚えている。

平成元年に８１９グラムの超未熟児で私は生まれた。双子の姉は死産だった。私だけが救われた。お姉さんの分も生きて、と決まり文句のように励まされた。それから３６５日×27年、一日も休まず多くの手に命を守られ、私は今日の、今も生きている。

重度脳性まひの私は生活の全てを他人に委ねている。強い弱視で視野はほんの目の前だけがぼんやりしている。話せない。13歳で声を失った。胃瘻から栄養を注入するのが食事だ。痰を吸引する医療ケアを24時間受けている。よく聞こえる耳だけを頼りに、周りのことはだいだい理解していた。自分の分で精一杯だった。とても他人の分までなんて生きられない。

気づいたときには全身の感覚過敏で全てが不快だった。まひの不随意運動が常に侵入した。その中にいるもう一人を静まらせて、ただ眠りたかった。それでも私は案外いい時間を思い切り楽しんできたのだと今は思う。必死で訴えたことは叶ったし、色々なことに興味をもっていいのだと知った。友達と一緒に遊ぶことが楽しかった。同時に自分の障害が一番重いという悲しみも知ったのだけれど。

両親の話を小耳にはさんでは、自分の状況は案外やっかいなのだと自覚した。それでも子供時代に人と接する楽しさを山ほど教わった。障害がある弟が加わってからは次々に支援者がやってきた。会話の絶えない賑やかな日常には世間の風が吹きこむようになった。どうやら世界は珍しくて面白いところらしい。

重い障害がある私たちにも内面が確かに存在することを伝えたかった。普段いい人からなぜか二人だけになると、モノ扱いされることもあって驚いた。見下す目線に傷ついた。私は人間だ。心を見て！　といつも叫んでいた。

笑顔で取り繕う外面と通じない苦しみを抱える内面を生きるうちに苦しみが折りたたまれていった。繰り返す嘔吐と肺炎。危篤。終わってたまるかと怒りで乗り越えた。引き換えに唯一の声も失った。感情の出口が絶たれてしまった。発狂するかと思った。しかし、希望は訪れた。支援学校の先生に、筆談を教わった。

初めて「かつら」と書いた。体中の細胞が口から飛び出るほどの歓喜だった。このチャンスを逃したら一生通じない人になる。もうモノになるのは絶対に嫌だ。そして、ついに言葉という自由を手に入れた。

胎児の記憶

ただ意識だけが
そこに浮かんでいた

暗くて明るい
明るくて暗い
暖かくよりどころない場所から
何層にもなる響き

いつからか
心地よく包む音が鳴りはじめる
他とは確かに違う
私の意識に向けられる何か

眩しさと騒音
何もかも鋭い
輪郭のある世界

くっきりと
もうずっと親しんでいた音が鮮明に姿を現した
これが声というもの
あなたが私にとって
かけがえのない誰かであることを
一番はじめに示すもの

あなたが私のおかあさん

やっと会えたね
私があなたの赤ちゃんです

（2014.3.24）

＊仙台赤十字病院ＮＩＣＵ母子室展示ＨＩＲＯＭＩＡＲＴに寄せて

表現したい…②

入院中に文字を練習した。お正月に書初めをやりたいと伝えた。病室で習字？　と母は目を丸くしたが、あの筆の感触で同じ文字でもペンとは違う存在感のある文字を書きたくなった。

筆の太さを選び、紙の方向を指定して、描きたい文字をあらかじめ伝え、準備をすれば絶対できると確信していた。

書かされたのではない。自分で書いた文字を作品にしたかった。

母の名前「のりこ」と主治医の「ちよこ」を感謝の気持ちを込めて集中して書いた。真っ白い病院のベッドを汚さないように、介護シーツを敷き詰めて巻きまきミイラのようになった。まだ起き上がれなくて、寝ながら上を向いて書く書だ。墨が垂れてきた。

桜

双子の私
二つの花が咲こうとしていたあの季節
私だけが息をした
二人分を生きてと言われても
二人分の息はできなかった

私がいるのにあなたはいない
私の喜びがあなたの悲しみになりそうだった

双子の私

二つの花が咲く前に
早く生まれたいねと一緒に思った
二人分を生きられないが
私の分は生きている

あなたがいなくなっても
あなたはいなくならなかった
あなたの悲しみが私の悲しみになり
あなたの喜びが私の喜びになった
いなくなったたくさんの命と一緒に
桜の花になって私に会いに来るようになった

（2013.4.11）

伴走するあなたと

私の目になる人がいるから
美しい世界の
色が見える

私の足になる人がいるから
行きたいところの
空気を吸える

私の声になる人がいるから
閉ざした希望が

空を羽ばたく
私の耳になる人がいるから
知らない世界を
旅する喜びがある

私の身体が動けなくても
私の心はいつでも自由だ
小さな愛を誰かと共に喜ぶたびに
生きている喜びに包まれる

（2014.7.22）

せかい

つらいといえる
あなたがいてくれる
それだけですくい

つらいといわれる
あなたもだれかに
すくわれる

そうしてひとりひとりがしらないうちに
せかいは

すくいのほうへ
まわっている
たったいまも
あなたのぶんを
（2013.11.21）

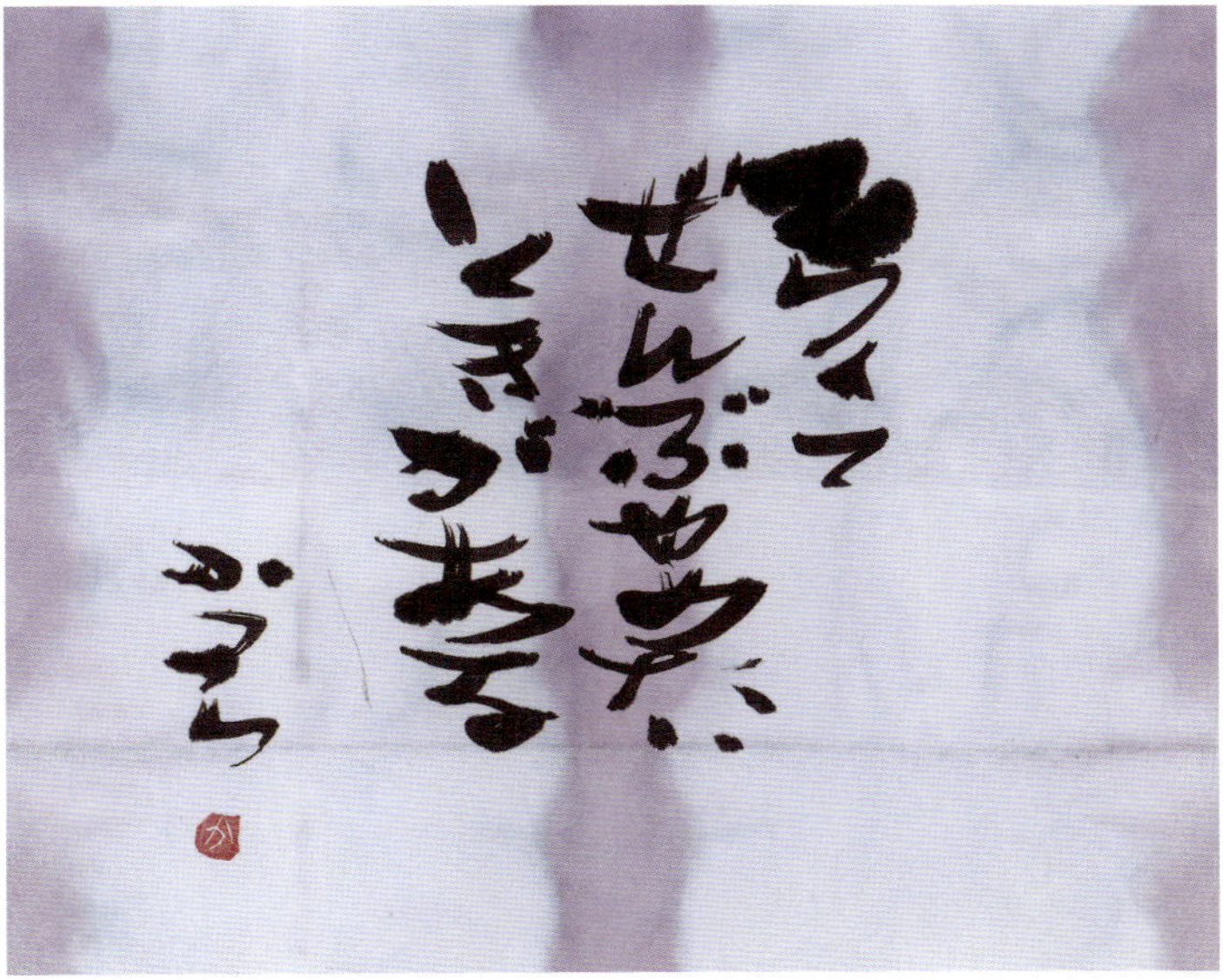

つらくて　ぜんぶやめたい　ときがある

なさけなくってもいいじゃない

うまくやれなくても
しっぱいしても
いいじゃない

なさけなくっても
なんてことない
まちがえたら
つぎにがんばれば
いいじゃない

よわさをだせるひとのほうが
つよいんだよ
よわさをわかるひとのほうが
やさしいんだよ

そんな弟が
わたしはだいすき
すこしずつ
大人になっていく弟が
わたしはだいすき

＊弟を案じて

（2014.7.18）

誕生日の握手

まだ夢うつつの手のひらと
母の手が握手

いつもの足音近づいて
弟の手と握手

包みこんだ父の手と
ほっぺたで握手

新しい朝に流れる

初めて聴く音楽
手のひらにのせて新世界と握手

これまでとこれからの
わたしを体温にして
あなたと握手する日を待つ
誕生日の手のひらが
ゆっくりを上を向いた

目を閉じて
今朝だけの
特別な朝日と握手した

＊23歳の誕生日（2012.1.19）

父の背中

私は父の背中を見たことがない

小さい時は膝の上に抱っこされ
子どもの時は食事を食べさせてもらい
大人になってもベッドの斜め上から毎日向き合う

いつもやさしく
いつも誠実で
いつも頼れる

十代の頃あんなに抵抗があった父の介護も
成人した頃から安心して委ねる時間になった

これほど毎日父と向き合える娘が
世の中にどれくらいいるのだろう

父の背中を見る時が来たら
私は何をしてあげようと思うだろう
まだ思案中の父の日

（2013.6.16）

母の日に

あと何年母といられるかと
母の日に思う
あと50年はないかもしれない
あと40年はあるかもしれない
あと30年は元気でいてほしい
あと20年は思い出をいっしょに作りたい
あと10年はまだまだ親子喧嘩をするだろう

いつもそこにいるのが
あたりまえだとは思っていないけれど

いつもそこにいるから
たくさん出来事が積み重なる
ありがとうと
３６５日分言うかわりに
たった一人の
母という存在を理解したい

＊母の日　(2015.5.10)

∞（無限大）の　すき

表現したい…③

ベッドでの書初めは墨が垂れて大騒ぎの格闘となった。何枚も書いて満足を追及するほど体力もない。一発勝負だった。本当は勢いよく進みたい線も、麻痺が邪魔をしたり、支援の母がもたもたしているうちに墨がにじんで、悔しかった。

病室に作品を展示したら、墨のいい香りに包まれた。看護師さんたちに自慢しながら、これからはやりたいことをやるんだ！と何度も心の中で叫んだ。

もう一つ、どうしてもチャレンジしたかったことが絵画だ。線や形を正確に書くことが困難な自分だから憧れた。世界の美しい色彩をなんとかして形に留めてみたかった。

その3
桂の毎日

うれしい手紙

夕方ポストから小走りになる母が
封を切る前から
もうあなたの笑顔が見えている
メールよりも電話よりも
あなたのまなざしがそそがれている

開いたとたん
遠いあなたの街の香りと
明るい声が聞こえてくる
うれしい手紙

変化

変わりたいとき
小さなことがなかなか見えない
変わりたくないとき
小さなことが大きく見える

伸びては縮む
心の物差し
メモリを消して目も閉じよう

ほら体の中の
変化が聞こえる
今日も生きてる
今日の分を着々と

（2015.5.9）

からだとわたし

からだの中に住んでいるわたしと
わたしの中に住んでいるからだ

からだがリードするときと
わたしがリードするときと
一緒に協力するときと
ちぐはぐなときと
けんかするときと

がんばっただけ応えるのは

数えるくらいのタイミングだ
お互いに耳を澄ませる必要もなく
考える前にもうふたつが区別なく
存在すら意識しない
まばたきの一瞬のように光るときが
生きている実感を現実にするのだ

（2014.2.26）

三月の凪

右から吹いた風が
左へ抜けていくように
季節は一枚ずつ
ページをめくる

憂いを落ち着きに
恐れを決意に

たたずまいを直し
おくれ毛をとかす

次の風をうけたら
迷いを希望に
喜びを感謝に

右から吹いた風が
左へ抜けていくように
私は一枚ずつ
私をめくり
私の今を生きている

呼吸のこども

目には見えないゲートが開き
次々に入りくんだ道が続く
肺の中に空気を送り込む
道の終点に
小さな　小さな
呼吸の子どもが座っていた

道端の地蔵のように
目をつぶって
静かにじっとしている

さあ、助けにきたよ
と酸素ボンベをかついだ私が
救急処置にとりかかる

私の中の私が
少しずつ元気になる
そうして
手足がだんだん
暖かくなる

＊急性喘息発作　（2014.6.16）

呼吸のこどもに１枚ずつ緑のドレス着せていく。

生活

毎年冬を迎える度に恐怖し、春を迎える度に安堵する。肺炎が命取りになる。悪魔のように脅威を感じるウイルスが侵入しませんようにと細心の注意を払う。しかしこの冬、流行にのってインフルエンザになった。しまった、と思ったただけで動揺し、過呼吸気味になった。幸い大事に至らず最小限で治癒した。私の日常を支える医療、福祉、地域の連携は最強だ。チーム桂にまた生かされた。

５歳でリハビリ入院をした１年間、初めて家庭を離れた。友達との生活は新鮮だったが家族と離れて本当に寂しかった。色々な両親がいることも知った。自分の両親の長所と短所がわかるようになった。

障害児が生まれたときから障害児の親になり、普通の子育てとは異なる苦労が山ほどあったということを、山ほど聞いた。私の両親はどちらも逃げない人だったのだと感謝する。ときに周囲からかわいそう、と声をかけられたが、あまりピンとこない。

全然かわいそうな子ではない、障害があっても堂々と楽しく生きていけばいいのだと、母が言ったように、本当に信じている。ちょっと堂々としすぎ、といわれることはあるけれど。母の教えを守っているのだと開き直ることにしている。

障害がある私たちも社会の一員である。障害が重いほど守られる分量が増える。しかし、守られて与えられるだけでは私は私でいられない。私だって沢山の選択肢を選びながら生きていきたい。選べなくて迷うことも、悪いと知っていてもやってみたいこともある。嫌なことはイヤと言いたい。しかし自分から発信できない私たちは、環境次第でどうにでもなる危うさの中にいる。

普通とは何かをよく考える。私の普通は健康な人が20代に自立、独立していく道とは異なる。自分の暮らしには何が最善なのか、娘としてこれから老いていく両親のことも心配している。自立とはなにかと、また考える。

分析好きで感情的になる母を理論的に説得する父。慎重にリスクを検討する父を笑い飛ばす母。障害も魅力にして周囲を和ませる弟。それぞれがいるからわが家は回っている。全員大切な一員だ。もちろん私も。ささやかな時間の積み重ね。家族だからわかること、家族だから辛いこと。

まだまだこの家族を味わいたい。

こころの　じゆうは　わたしだけの　もの

表現したい…④

固いペン先が紙に当たっただけで麻痺が暴れるので、柔らかいクレヨンや、持ちやすいサインペンなど様々試した。筆ペンが最もよい抵抗と走りでうまくいった。

考えた言葉を一言、書にした「はがき」にして、学校のバザーで販売した。私の作品が売れた。「なさけなくってもいいじゃない」がなぜか一番売れた。

形よく、美しくすることもいいけれど、私の等身大そのままでもいいのだな。

その4

大地の問いかけ

問い

大地がゆれたとき人間もゆれた
シェイクされた脳も心も
見えなかった器のありかを知った
砕けるもの
消え去るもの
結合するもの
溶け合うもの
やがて上澄みの中に浮かび上がる小さなものはあるか
目を凝らす必要さえない確かなる存在はあるか
大地の問いが人間を試す

＊東日本大震災からもうすぐ一年

（2012.3.2）

大地の問いかけ　震災５年目

どん、と大きく揺れた。

ベッドごと海原に放り出されたような恐怖に包まれた体験からもう５年。まだ昨日のことのようでもあり、時間が経過した感覚もある。どちらも私の身体の中には平行して流れる川の流れのようである。記憶の中には瞬時に鮮明になる体験が折り紙のように折りたたまれている。ひょんな風にあおられて、書物のページがめくられるように、はっと映像が広がる。

命日や記念日は日常の中で出来事を思い出し風化させない役割を持つ一方で、まだページをめくることもできない人には苦しみを思い出させるつらい刺激になることもある。けれども、やはり私たちはそれらも含めて前へ歩いている。

立ち止まった雲も、やさしい微風で形を少し変化させる。たまった泥も表面の層を柔らかくする水の流れに溶ける瞬間がある。変化の速さに個人差もあれば感受性の違いもあるだろう。立場によっては価値観も対立し方向性は一つではないだろう。

自分に降りかかった重い病にがんじがらめだった私の命。被災体験を通して違う見え方になった。他人と比較したり競争する必要もない。人間を超えた大きな宇宙の力の中で生かされている。生きているだけで素晴らしい。多くの人と分かち合った。病を抱える者だけの特別な感情ではないことを、確かめ合った。それならせっかくもらった自分の命をいっぱい、いっぱい使い切ろうと力がわいてくる。それ以来、私の仕事は「生きること」になった。

立ち向かう課題はまだ大きく、自分の無力さも痛感する。それでも私のように命を全て他人にゆだねる者にも、希望を生みだし、持ち続け、あきらめないことはできる。

震災の贈り物だ。

生きる意味は日々の命にこそある。生きる喜びはいたるところにある。心がスパークする一瞬さえあれば人は立ち上がれるのだ。それだけの力が人間にはあった。

もう誰も震災の前には戻れない。時は進む。これからも震災とともに歩む私たち。

宇宙はいつも私たちを静かに見ている。

震災の夜、星がたくさん輝いていたではないか。

オレンジの色えんぴつ

えんぴつ一本見つけた
君がいなくなったそのあとに
泥だらけでまだ長い
拾って指でこすったら
知らない子の名前が書いてあった

12色は箱の中
並んでカタカタ揺れていた
君のランドセルの中でも
いつも

君のオレンジ
大笑いのほっぺた

君のオレンジ
一緒に食べたすっぱいみかん

君のオレンジ
並んで見た海に沈む夕日の色

僕のほっぺたを
オレンジ色の涙が
つつーっと落ちた

（2011.7.27）

＊被災地のがれきの中にあった色鉛筆の話を聞いて

ユキノシタ

ガレキの隙間から
テントの葉をよけ
上を向いたユキノシタ
互いに寄り添い
同じ方向を見ている

ヘリコプターが飛んでいる
また春がきた
別世界の春

＊震災について

（2011.4.12）

みえない手

みえない手のぬくもりが
近づいている
くらやみを照らす明かりの中に
やさしいことばの中に
懐かしい声の中に
同じ月を見ている
あなたの大きな手を
思い浮かべている

（2011.5.3）

＊震災で支援によって生かされている命への感謝

人生は続く

この日を境に変わるもの
この日を境に変わらないもの

ひとりの中に蓄えた
大切なものは
3年の月日に育てられたに違いない

この日を境に思い出すもの
この日を境に決意するもの
なくしたものの中にも

輝き出すいのちがある
ときだけが見せるいのちがある

少しずつ進めよう
そうして人生を続けよう
そうして人生を育てよう

（2014.3.11）＊震災から３年目の日

いのち　みい(ん)なひとつ　ありがとう

表現したい…⑤

入院中にちよこ先生から伊藤若冲の画集を借りた。とにかくすごい表現力に驚いた。どんな気持ちで作品を作ったのだろう。想像するほどに、ホンモノを見てみたくなった。

退院して一番に行きたいところに美術館をリクエストした。見えないのに美術館？　と言われたけれど、壁の絵画が作者の目を通して私に話かける不思議な世界だった。

その５

生きることとは

全貌

小さな存在のわたしに
見える全体は小さいが
目の前を精いっぱい生きている

人生の終わりに見る景色も
どこかにある全体に属する部分なのだ

私の全体を感じるとき
小さな私も大きくなる

（2014.7.22）

バンソウコウ

泣きたいとき
一番がんばったときの自分と
今の自分は
同じ私だ
と言ってみる

苦しいとき
この苦しみは必ず終わる
と言ってみる

心配なとき
大切な人の声で「だいじょうぶだよ」
と言ってみる

呪文のように唱えるうちに
大切な一言が
身体中に染みわたる
言葉のバンソウコウが
幾重にも
幾重にも
傷口を包んでいく

（2013.7.24）

くもりのちはれ

厚い雲の切れ目から
朝日がさっとさすように
心が晴れるときがある
暖かい午後の日差しが
雪をゆっくりとかすように
心が晴れるときを待つ

ときを味方にするような
あなたの笑顔そばに見て

心が晴れるときがきた

くもりのちはれ
くもりのちはれ
涙のあとがあるだけきっと
あなたの笑顔が美しい

（2012.1.21）

怒り

怒りのエネルギーには
たじたじとなる
炎が吹き荒れ
マグマが噴火する
そんな力が
小さな私のいったいどこにあったのか
怒りのエネルギーには
へきえきする
体力を消耗し

疲労困憊になる
そんな力を
生みだす大きな私だったのか
怒りのエネルギーを
良きものに与えれば
悪もひとつの善になるだろう
自分のために怒る
他人のために怒る
怒りの真意はあとから語りかけるのだけれど
子どものときは大暴れしていたのだけれど

（2014.7.18）

誰かにとって

何年もそこにいる木が
わたしはここにいるよ
というように
わたしの動かない身体でも
誰かにとっての木になりたい

ひとときも止まらず漂う雲が
わたしがどこにでも行ってくるよ
というように
わたしの自由な精神で
誰かにとっての雲になりたい

（2012.3.3）

生きる言葉

子供のころ頭の中で絵本の言葉を組み合わせて遊ぶのが好きだった。ことばのリズムや音楽のような楽しさの中でどこまでも想像が膨らんだ。目が見えなくても、何にでもなり、どこにでも行けた。いつのまにか、言葉が内側の私の栄養になった。苦しい時も、こんちくしょーと心で言いながら吹き飛ばした。自分のことは自分で決めてと小さい時から育てられた。食べたいもの、おしゃれ、遊び、私の願いと一致したことの方が少なかった。納得できないと心で悪態をついた。だから案外ひどい言葉も知っている。でも行動範囲が広がるほどに、世の中には面白そうなこと、やってみたいことだらけになった。

筆談は言葉の重い扉をぎぎーっと開いた。内側に渦巻いていた言葉は、堤防が決壊するようにあふれ出た。喜び感謝。同時に、おなかの奥から鉛も浮かび上がらせた。泥の層に沈んでいた苦しみ悲しみ。一度動いたら止められなかった。書きながら苦しみと一緒に嘔吐した。

最も手ごわい言葉は母への恨みだった。悔しかったことやこらえていた怒りがあふれ出た。母を泣かせたとき、本当に驚いた。自分が泣かせたことがショックだった。関係が悪化してケアを拒否されたら生きていけない恐怖。常にケアを受ける遠慮。葛藤の間を振り子のように揺れた。さらに、治療も含めて私のことは真実を知りたいということを伝えたかった。嘘は嫌だった。

3日後、会話できない苦しみに負けて、ごめんなさいと書いた。

母に助けられて母を責めるのだから、とんでもない親子喧嘩である。記憶の一つ一つを本音で語り、糾弾し、謝り、理解しようとする対決だった。やっと母と対等になれた。ようやく楽に呼吸し、自分と等身大の私が現実のものになった。

私たちは言葉の海を泳いで生きている。本当はそんなものがなくても、心と心が通じ合い、愛を共有することもできる。しかし、言葉のおかげで、自分でも気づかない本心を探り当てたり、世界の底知れぬ美しさを想像したりすることもできる。何より、どんな人にも豊かに存在する内面を形にする。いつも外に向かって開かれたいと願っている。大切なあなたに届けるもの。それは生きるため、呼吸するようになくてはならないもの。それは私がいなくなっても、永遠に生きていのちの足跡を残すものでもある。

いまの　わたしで　じゅうぶんだ

表現したい…⑥

美術館はしんとした空気と絵の具のにおい。もちろん遠くは見えないのだけれど、時間を経ても残された作品がこうして人々と対峙するのだ。私もそんな風に生きたことを残したい。生きていた私を忘れられたくないと思った。

その後クレー展を見たとき、館長さんが話しかけてくださった。私は画材の悩みを聞いた。すると絵を指し、「なんでもありですよ」。魔法の一言だった。

その6

自然の教え

一羽

ゆく夏の
最後の一羽で
いることも
知らずになく蟬
答えるコオロギ

（2013.8.29）

親が子を思う本能の絆

庭木の一番端の枝にハトが巣を作った。卵を温める母鳥を少し離れた枝から見守る父鳥が、クックーとよく話しかけていた。ベッドから耳を澄ます。子どもの様子はどう？　食料をもう少し調達してこようか？　と夫婦の会話をほほえましく想像した。

しばらくしてピピピと小さな泣き声がした。雛が生まれたのだ。母鳥が餌を探しに出るようになり、留守の間、私は巣を見守る子守りの気持ちになった。

ところがあるとき、親の留守を狙って蛇が巣に絡まっていると ころを発見した。あわてて母が蛇を追いたてたが、蛇は雛を丸ごと飲み込み、のどをふくらませたまますばやく逃げ去った。騒々しい足音と声。はっと目をつぶってもありありと情景が浮かんだ。静まり返って数時間。親ハトが戻ってきた。クックー？　クックー？　と語尾に疑問符をつけて何度も泣いた。翌日、巣を見るともう一羽が死んでいた。弟が庭に墓を作って花を供えた。それからの毎日。決まって親が舞い戻り、しばらく鳴いてバサバサと飛び去る日が続いた。

今生きているというたった一点においては、人間も生き物も皆同じだ。そこに親心や家族の絆を重ねる。

最終的に一つのいのちはたった一人で生きている。そしておそらく、たった一人に帰って死ぬのだ。私のようにたった一人では一日も生きられない者でも、私の命は私が引き受けて私が生かしているのだ。

仲良く生まれた二羽が短い時間を暖かい巣の中で過ごした時間は、まるで私が双子の姉と過ごした胎児の時間のようだ。なぜ姉は死に私は生きているのか。二人の時間が何を境に分かれたのだろう。生きている姉に会うことはできないが、母の胎内でともに生きていた実感が今でも通奏低音のように私の中を流れている。肉体があってもなくても、そこに存在した事実が記憶となって支えているのだ。

一日ベッドにいると、北極星からの定点観察のように周囲が刻々と変化する。日ごとに窓に差し込む朝日の角度は動き、風も雲も次の季節を運んでくる。小さな生き物が与えられた時間を淡々と生きる姿に力をもらう。ただ生きている私が自然の一部になって堂々とここにいていいと許され感謝するのだ。

力強く泳ぐマグロ

泳がなければ生きられない
動かなければ生きられない
息をしないと生きられない
止まったときに死んでしまう
前へ進むことが生きること
止まれないなんて少し悲しい
一日だけでも
水に漂う海藻の
ゆっくりゆれる風景をみせてあげたい

（2011.11.12）　＊マグロの絵に

大地の中で

種を抱える大地には
光も届かぬみっしりと
土の粒子がぎっしりと

名前も知らぬ他人同士
会話もないのに
視線の緊張をはらんでいた

そこへ水が染みわたるとき
いのちの鼓動が温度を放ち

そこにいる存在どうしの
波動をつなげる

なにも見えないと思っていたのは私だった
光がないと思っていたのは私だった

大地は静かに物言わず
ずっとそこにいたのだ
まだ見ぬ花を
大地はもう知っていたのだ

（2014.7.30）

やつで

大きな手の中央で
小さな手をつなぎあって
咲こうとしているやつでの花たち

大きな手の中央で
その手が大きすぎて
気がつかなくても
花たちはしっかり幹から支えられている

八つの手は

花が咲いても咲かなくても
下から手を広げている

支えられていた花だった
わたしも今は支える葉になってみたい
私のために八つの手があったように
八つのそれぞれにも
八つの手があったように

（2013.11.13）

フクジュソウ

隣人の幸福の近くでは
不幸が際立ち
隣人の不幸の側では
幸福を思うことさえ遠慮した

どちらの私にもよりどころがなかった

フクジュソウに見つめられて
私は私の幸福を
見つめてもいいと思いだした

曇り空ばかり眺めているうちに
そのささやかな幸福の主人は
私だけなのだということさえ
忘れてしまうところだった

（2012.3.24）

＊自分の悩みを相手にどのように伝えればいいのかと思い悩む

親鳥

翼に守られ
見届けられているうちは
一人前になりたくて
一人前の扱いを
一日もはやくと望む子供

親離れの時が近づき
いつがそのときかと
一人前を誇らしく想い
一人前の自由と恐れを

引き受けられると自負する子供
潔く手放す親鳥の後ろ姿は
いくらか小さくなったとしても
親の仕事を全うして
そうしていのちはつながれるのだ

群れの中の日常に
あるときふいに訪れる交代の時
親鳥は一声
鳴くのだろうか
空に一筋
決意の線を引くのだろうか

（2015.2.7）

太陽のため息

終わりの見えない雨空に
ほっとひといきつくように
太陽がため息をかけるとき
少し乾いたアジサイの
葉っぱの裏に住んでいた
小さな小さな生き物も
ほっとひとつ深呼吸
終わりの見えない憂鬱にも
好転のときが近づいた

＊雨の晴れ間

（2013.7.28）

その7
あしたの私は幸せになる

さあ動いてみよう

知らない世界も
新しい言葉を頼りに
のぞいて見よう

さあ動いてみよう

小さな刺激を感じる心が
行動のドアを開ける
知らない道も
新しい風を連れて
歩いてみよう

（2014.5.12）

与えられた時間を精いっぱい過ごしたい

27歳は二十代の後半。健康な人ならまだまだ人生これからという時代だろうか。人より健康でいられる時は短いかもしれないが、私の二十代は充実を実感する大切な時間だ。命には限りがあることをみんな知っているのに、区切られたとたんに時間を意識する。わからないこともわかりすぎないことも、どちらも命を支えることになる。自分の時間があとどれくらいか気にしないようにしながら気にしている。気にしているから今日をよくしようと思う。毎日が覚悟につながっている。

詩の世界で遊ぶようになったとき、自分が大小自由自在になれて楽しかった。ときを超えたり人間でなくなったりした。あらゆるものにあるいのちを感じるようになった。長い生命の歴史の時間では人間の一生はちっぽけだけれど、その一瞬はとてつもなく深く掘り下ることができたりする。

重力も光もなにもない真っ暗な宇宙のどこかに放り出されても周囲には暖かい孤独がまっているような気がする。死んだらそうなのかなと想像したりする。案外怖くないかもしれない。

現実の世界では一人の行動を自由という幕が包んでいる。それは見えない球のようにシャボン玉状になっている。私の自由は私を中心にブドウの房のように連なっている。多くの人に運ばれながら、いつもひと房で大移動する。目には見えない大移動でどこへでも行ける。しかし、ぽろりと房から落ちたところを想像する。

急に陰圧がかかりベッドの回りにあった見えない自由の空気も薄くなる。閉塞感、孤独感、見えないものへの恐怖感に包まれる。

肉体と心の世界の隔たりに苦しんでいた私が、今では二つの素晴らしい世界を体験する喜びに包まれている。一歩ずつ体調を取り戻す過程では、限りのある肉体と命の制約の中で実現する喜びはかけがえのないものになる。人々に当たり前の日常も、私には特別なことだ。

苦しいことも、何を感じてどう喜ぶか決めるのかは自由なのだ。自分がどれくらい元気でいられるか、誰にもわからない。与えられた時間を精いっぱい過ごしたい。まだまだやりたいことがある。行ってみたいところもある。まだ知らない喜びがまだたくさん出番をまっているのだ。いつか叶うと口にし、言葉にしよう。言葉は力になり私自身を奮い立たせる。

幸せになれるかな。
なりたいな。
きっとなれる。
きっとなる。
絶対なる。
意志をもって幸せになろう。

Ｈａｐｐｙ

明日はきっとあんなことをしよう
と眠る夜がＨａｐｐｙ

今日はきっとこんなことをしよう
としたくを始める朝がＨａｐｐｙ

明日はあの続きをしよう
と眠る夜はもうひとつＨａｐｐｙ

こんなことがあんなことへ

Ｈａｐｐｙな連続
毎日やりたいことがある
それだけで
Ｈａｐｐｙな春

（2014.3.3）

見えないけれど

見えないけれど
そこにいた
聞こえないけれど
さえずっていた

触れるまもなく
飛び立った小鳥の
小さな気配が

まだそこで

揺れる若葉に残っている
危険につかまるまいとするように
大海原に一人で出るのはまだ早いと
言いつけを守るように

大丈夫
大丈夫
世界は君を守る光に満ちている

（2013.5.21）

いちごの　いろは　こいのいろ

表現したい…⑦

自由に腕を動かせない。目も見えない。どうせ絵は描けないと思いこんでいた。ならば、紙を折って色を染めるのはどうだろう。角に染み込む配色を決めるのは私だ。それなら私の作品だ。そうして和紙を染めて詩を書にしてみると、言葉に色が加わることで伝えたいことがもっと楽しく動きだした。白黒の書も、またそれにふさわしい言葉もある。言葉を離れて、ただの線も面白い。次は「自分も知らない自分の顔」の発見だった。

詩から音楽を想像する人。朗読する人。絵画にする人。演奏する人。障害者アートにも出会い、素晴らしい才能の持ち主がたくさんいることも知った。どの人も思うように表現している。本当になんでもあり、なのであった。

表現することは生きることだ。作品を形にしなくても、ただ息をしていることも生きている、という表現の一つだと思えるようになった。表現すれば、それを受け止めてくれる人がいることも、共感し、喜ぶ人もいる。いろいろな人の中で自分も一人分を担当していることを知る。人のやさしさを知り、人を愛するという力を与えられた人間でよかったと本当に感謝することができた。

まだいちども

春の風がふわっと吹いて
顔にかかった長い髪を
小指ですくってそっとはらう

夏の花模様ゆれるスカートのすそ
気にしながらすまして座る
ゆっくり足を組んでみる

秋色のハイヒールコツコツいわせて
駅の階段

颯爽とかけ下りる
冬の銀世界見渡すレストランで
ナイフとフォーク優雅に使い
あなたと二人のクリスマスディナー

まだいちども
やってみたことがないけれど
やってみたいこと

（2012.3.15.）

衆人の中にある孤独

内面をことばにするには勇気がいる
自分を解放するには自信がいる
心を自由にするには信頼がいる

自分一人の無人島で
自由気ままに生きるのならば
どんな行動も叶うだろう
ただし
生きることが叶うのならば
ひとりの孤独に耐えるのならば

衆人の中にこそある孤独
このひとりを抱えながら
内面をことばに出し
自分を解放し
心を自由にできるのは
そこに
あなたが存在しているぬくもりを
もう知っているから

（2012.5.16）

＊人は最終的にはひとり。その孤独を知っているから
　心の通う人の存在を知るとき自由になる
　つながりのない孤独は精神を殺すほどの脅威になる

友と

今日の青空を君も見ただろうか
私と同じように
不自由な身体で
ベッドの上から
自由な言葉が満ちた内なる宇宙には
何が写ったのだろう
私の見た今日の青空は
君の空と確かにつながっている
西から運ばれた雲が
君の今日をささやくたびに

私の今日が一歩広がり
君の宇宙に近づいている

君の心に広がる世界を
言葉で一緒に歩く小旅行は
友とたどる未知なる道
友と切り開く新しい道　（2011.10.16）

＊同じ病の友へ

苦境

思うようにいかないときほど
自分で自分を奮い立たせる
二本の足を地面につけた感覚を思い出す

体重をかけて
足の痛みでじんじんした
むかしむかしのリハビリの時間

ありありと訓練室の景色がよみがえり
もう嫌だと大声で泣いた自分の声さえ

耳元で聞こえる
小さな苦しみも
耐えられた過去の記憶は
自信の束を太くしてきた

ほかほか　してる　まるの　なか

香る風が吹くころに

ひと仕事終えたら
別の場所から
それまでの自分を見てみよう
成功も失敗も生きているか
それを確かめてから
風に香りが流れるように
えいやっ、と
新しいことに挑戦しても遅くない

雪の下の新芽さえ

ほんのちょっと頭を出して
新しいときをうかがっている

香る風が吹くころに
だれも知らない
よいことが
きっと待っている

(2013.2.7)

＊治療の前夜

やさしさと　つよさは　にている

しなやかに生きる

人生のひとこまに
意味を見出せる人は幸せだ
苦しみと闘わずに
やり過ごすしなやかさを手に入れる

それはすなわち
自分を奮い立たせる強さとなるだろう
その力をふりしぼれる自分が
希望そのものになるだろう

明日はきっと
きっとよいことがある

（2014.6.6.）

あとがき

三冊目の詩集を一番応援してくださったのは、京都の石川洋先生だった。

震災をご縁に仙台においでになった先生とお会いした。初めてお会いしたのに、昔からのつながりがあったように包み込んでくださる懐の大きさを感じた。おでこに手を当ててもらった。温かい手だった。昨年夏、お亡くなりになるまで励まして下さった。命の宇宙へ旅立たれた。

私は、むしろ今の方が先生を近く感じている。先生の手が、いつも空から私に向けられている安心感がある。肉体の縛りもなく、いつでも会いたいときにお話しできる。手のぬくもりも声もいつ

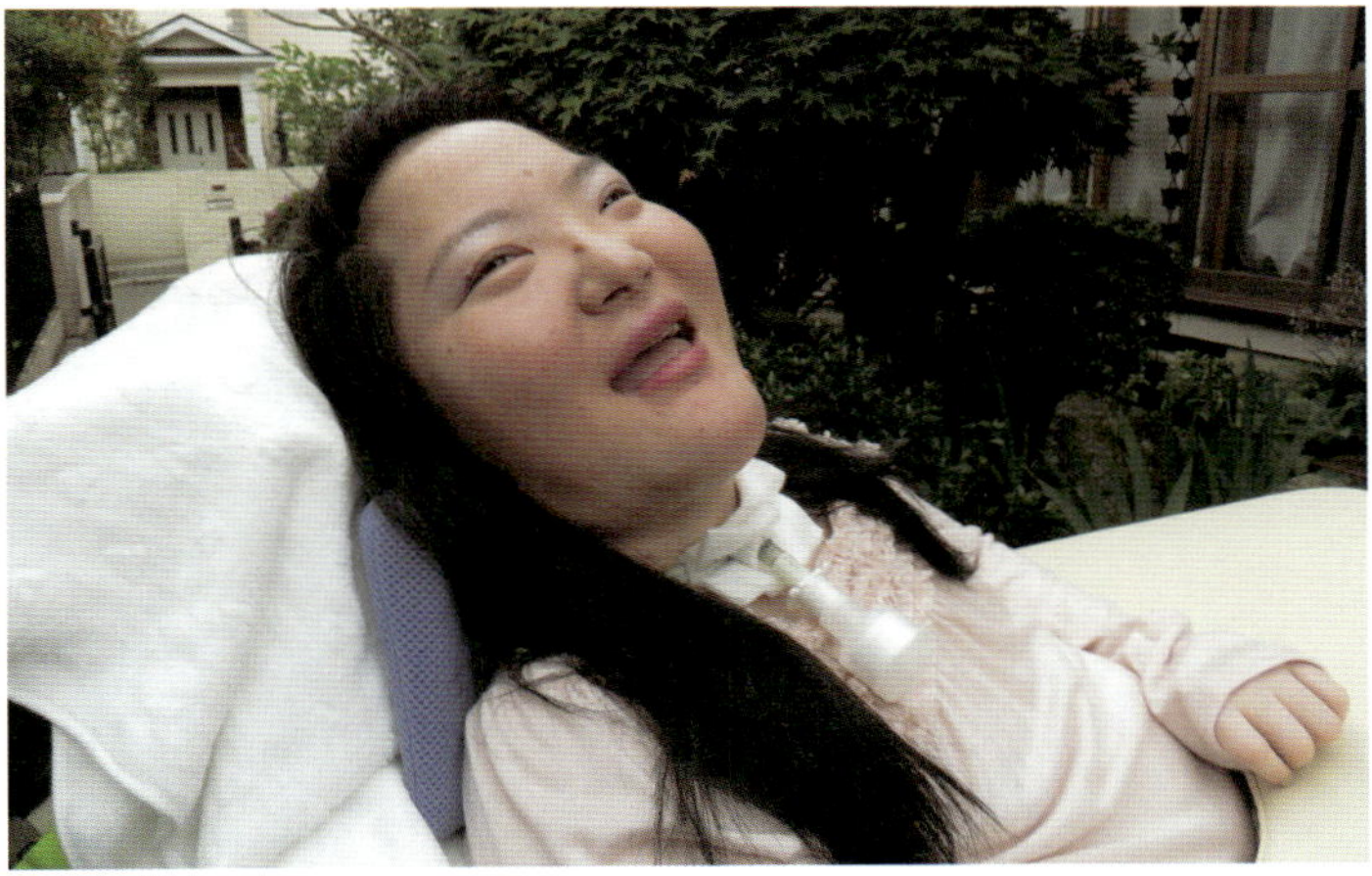

もそこにある。
石川先生から春日栄さんをご紹介いただいた。お二人に共通の宇宙を感じた。言葉に真摯に向き合い、人を深く愛してきた思いに包まれた。大きなお父さんとお母さんに見守られて、私の詩集が旅に出る。本当にありがたいと思う。
誰かを思い、誰かを案

じることができるのは幸せなことだ。震災で人を思う多くの愛と出会いなおした。自分を愛し、誰かを愛し、みんなを愛していこう。またここから始めよう。

2016年　3月　震災5年目。　仙台にて

2014年8月11日　石川洋先生へ残暑みまい。
七夕絵葉書に添えて書いた見舞状

吹き流しくぐるささやき髪ゆらし
風のあなたにほほえみかえす

大越　桂（おおごえ　かつら）

1989年、宮城県仙台市生まれ。819グラムの未熟児で誕生。重度脳性まひ、未熟児網膜症による弱視など、重度重複障害児として過ごす。9歳頃より周期性嘔吐症を併発、障害の重度化により医療管理が必要となり、13歳で気管切開により失声し、筆談による「言葉のコミュニケーション」を始めた。

2004年12月、ブログ「積乱雲」を開設。2007年「第4回One by One」アワード・キッズ個人賞」（日本アムウェイ主催）を受賞。同年、宮城県立名取支援学校高等部卒業。著書に『きもちのこえ～19歳・ことば・私～』（毎日新聞社）がある。

現在、創作工房「あとりえ・ローリエ」代表。詩の発表を続ける。「いのちのことばコンサート」が2009、2010年。詩とアートのコラボ展「言音色」2010、2011年。

東日本大震災応援歌「花の冠」が2011年、野田佳彦総理大臣が所信表明演説に引用。

2012年詩集『花の冠』（朝日新聞出版）、『海の石』（光文社）を2冊同時刊行。

ブログ「積乱雲」http://plaza.rakuten.co.jp/678901/

あしたの私は幸せになる

2016年9月25日　初版1刷発行

著　者　　大越　桂
発行者　　春日　榮
発行所　　ぱるす出版株式会社
〒113-0033東京都文京区本郷2-25-6　ニューライトビル1024
Tel　03-6801-6360＆fax　03-6801-6361
http://www.pulse-p.co.jp

挿　画　　大越　桂
カバーデザイン　渋谷政光
印刷・製本　ラン印刷社

ISBN 978-4-8276-0240-1